인공지능 세계문학

잭과 콩뿌리

일러두기

1. 이 책의 모든 글은 대화형 인공지능 모델 잭프롯을 활용하여 생성하였다.
2. 이 책의 모든 삽화는 영상 생성 인공지능 모델 몬드리온을 활용하여 생성하였다.
3. 이 책의 내용은 영국 잉글랜드 민화 『잭과 콩뿌리』와 이어진다.
4. 표지 삽화는 피트 몬드리안의 '회색 나무'를 원작으로 몬드리온을 활용해 수정 및 재해석하였다.

책과 콩나무에서 이어지는 이야기

책과 콩뿌리

지은이 **미히**

"AI 패스티시* 장르의 탄생"

*원작의 조각을 짜맞추어 새로운 작품을 만드는 양식

가나북스

작가 미히는 컴퓨터공학과를 졸업하였습니다.

『지킬 박사와 하이드』를 읽으면서, 악한 자아가 아닌 선한 자아가 등장하는 속편을 꿈꾸는 문학을 좋아하는 아이였으나, 고등학교 시절 접한 컴퓨터가 21세기의 철학이라고 생각하여 결국 컴퓨터공학과를 전공하였습니다. 시간이 지나, AI 시대가 도래하였고, 오랜 시절의 꿈을 되살려, AI 기술을 이용하여 패스티시 기법으로 인간 걸작의 속편을 생성하는 작업을 시작했습니다. 이후, 개인적인 철학이 담긴 오리지널 소설도 여럿 집필하여 100편이 모이면 『미히버스』라는 단편집으로 펴낼 계획을 가지고 있습니다.

필명 미히는 "나에게 너가 항상 존재한다."는 뜻의 라틴어 표현인 MIHI PLACES SEMPER 에서 따왔습니다.

참고로, "나에게 너가 항상 존재한다."는 나는 너를 사랑한다는 의미로 함께 쓰입니다.

항상 독자 여러분을 사랑하는 마음으로 글을 써내려가고자 합니다.

헌사

내가 발견한 보물인
그대에게

감사의 글

가나북스 대표 배수현님, 디자인을 맡아주신 김미혜님에게 깊은 감사의 뜻을 표한다.

어린 시절 내게 책과 콩나무를 읽어주신 아버지와 어머니께 진심 어린 감사를 드린다. 그분들의 사랑이 없었다면 이 책을 세상에 내놓을 수 없었을 것이다.

미히

| 작가의 말 |

이 책은 우리가 잘 알고 있는 고전 동화 『잭과 콩나무』의 후속작입니다. 이번 이야기에서 잭은 말라버린 콩나무 뿌리를 따라 신비로운 지하 세계로 모험을 떠납니다. 지하 세계에 도착한 잭은 빛을 발하는 신비한 생물들을 만나고, 그들의 도움을 받아 새로운 세계를 탐험하며 소중한 친구들을 사귀게 됩니다.

하지만 지하 세계는 몰락이라는 거대한 위협에 처해 있습니다. 몰락은 지하 세계의 평화를 깨뜨리는 존재로, 테라리안과 크리스타리움 주민들은 잭에게 도움을 요청합니다. 잭은 이들과 협력하여 몰락과 맞서 싸우기로 결심하며, 이 과정에서 용기와 팀워크의 중요성을 깨닫게 됩니다.

잭과 그의 친구들은 다양한 모험을 겪으며 몰락에 맞

서 싸우고, 지하 세계를 구하기 위해 노력합니다. 이 이야기 속에서 잭의 모험을 통해 여러분은 용기, 협력, 사랑의 중요성을 느낄 수 있을 것입니다.

『잭과 콩뿌리』는 신비한 지하 세계를 배경으로 다양한 생물들과의 만남, 그리고 잭의 성장 과정을 그립니다. 이 작품은 흥미진진한 모험 이야기와 함께 중요한 교훈을 전해주고자 합니다.

과연 잭은 어떻게 몰락을 물리치고 지하 세계를 구해낼 수 있을까요? 잭의 새로운 모험이 궁금하다면, 지금 『잭과 콩뿌리』와 함께 지하에 숨겨진 눈부시고 풍부한 보물을 발견해 보세요!

여러분의 많은 관심과 사랑 부탁드립니다.

2025년 1월 19일 작가 미히

| 목차 |

책과 콩뿌리

프롤로그

잭과 콩나무

옛날, 작은 마을에 잭이라는 소년이 살고 있었다. 가난한 어머니와 함께 살아가던 그는 어느 날, 시장에서 얻은 마법의 콩 덕분에 삶이 완전히 바뀌었다. 그 콩은 단순한 씨앗이 아니었다. 하룻밤 사이에 하늘 높이 자라난 거대한 나무는 잭을 새로운 세계로 이끌었다.

잭은 용기를 내어 나무를 타고 올라갔다. 구름 위에 숨겨진 세상에는 거대한 성이 있었고, 그 안에는 그의 상상조차 뛰어넘는 보물들이 있었다. 황금알을 낳는 거위, 하프의 신비한 멜로디, 그리고 모든 것을 지키려는 거대한 존재, 거인이 있었다.

잭은 거인과의 대치 끝에 겨우 살아 돌아왔다. 황금알을 품은 거위를 품에 안고, 그는 콩나무를 도끼로 잘라 내렸다. 거대한 나무가 쓰러지며 모든 것이 끝난 듯 보였다. 거인은 나무와 함께 사라졌고, 잭은 평범한 일상으로 돌아갔다.

하지만 시간은 흐르고, 흔적은 남았다. 쓰러진 콩나무의 뿌리는 여전히 땅속에 뻗어 있었고, 세월이 지나도 마르지 않는 기운이 그곳에 맴돌았다. 잭은 가끔 그 뿌리를 보며 어린 시절의 모험을 떠올렸다.

20년이 지나, 잭은 더 이상 소년이 아니었다. 그러나 그날, 집 뒷마당에서 무언가가 그를 부르고 있었다. 오래된 콩나무의 속에서 바람 같은 소리가 흘러나왔다. 그것은 과거의 이야기이자, 새로운 시작의 신호였다.

잭은 알 수 있었다. 그의 모험은 아직 끝나지 않았다는 것을.

제 1 화

과거의 속삭임, 새로운 시작

물결치는 따스한 햇살이 잭의 얼굴을 감싸며, 그는 집 뒷마당에 누워 일광욕을 즐기고 있었다. 20년이 지났지만, 여전히 그곳에는 어린 시절의 모험을 떠올리게 하는 콩나무가 서 있었다. 지금은 말라비틀어져 있는 그 나무는 옛 영광을 간직한 채, 중심부가 텅 비어 있었다. 바람이 불 때마다 나무 속으로 스며들어가는 소리가 마치 옛날 이야기를 속삭이는 듯했다.

잭은 나무를 물끄러미 바라보다가 자리에서 일어났다. 그는 다가가 나무의 빈 속을 들여다보았다. 깊고 어두운 구멍 속에서 뭔가가 그를 부르는 듯했다. 잭은 콩나무를 손으로 어루만지며 오래전 모험의 기억을 떠올렸다. 하늘 높은 곳에서 거인과 싸우고 황금알을 낳는 거위를 발견했던 그때의 기억이 생생하게 떠올랐다.

"이 뿌리관은 대체 어디까지 이어져 있는 걸까?" 잭은 중얼거렸다.

그는 깊은 숨을 들이쉬고 나무의 중심부로 걸어 들어갔다. 안쪽은 생각보다 넓고, 뿌리관은 마치 거대한 미끄럼틀처럼 아래로 이어져 있었다. 잭은 천천히 그 길을 따라 내려가기 시작했다. 발걸음을 옮길 때마다 나무의 고동 소리가 그의 귀에 울려 퍼졌다.

"한번 더, 모험을 떠나보자." 잭은 자신에게 속삭이며 점점 더 깊숙이 내려갔다.

땅속으로 내려가면서 잭의 마음은 두려움과 흥분으로 가득 찼다. 그는 이 거대한 뿌리관이 어디로 이어질지 알 수 없었지만, 호기심이 그를 멈추게 할 수 없었다. 어릴 적의 모험이 다시 한번 시작되었음을 직감하며, 잭은 뿌리관의 어둠 속으로 몸을 던졌다.

그는 과거의 모험에서 배운 용기와 결단력을 되새기며, 자신을 이끌어 줄 새로운 세계를 기대했다. 잭의 모험은 이제 막 시작되었고, 그는 다시 한번 미지의 세계로 향하는 길을 걷고 있었다.

제 2 화

지하 세계의 경이

잭은 콩나무의 뿌리를 따라 지하로 내려가는 긴 통로를 조심스럽게 걸어갔다. 통로는 점점 더 어두워졌지만, 그의 호기심과 결심은 빛을 잃지 않았다. 뿌리관은 나선형으로 이어졌고, 잭은 벽을 손으로 더듬으며 길을 찾았다.

한참을 내려가자, 잭은 은은한 빛이 새어 나오는 것을 발견했다. 발광 버섯들이 통로를 따라 여기저기서 빛을 발하고 있었다. 이 버섯들은 마치 작은 등불처럼 주위를 밝히며 길을 안내했다. 잭은 발광 버섯 하나를 손에 들고 그 빛을 살펴보았다.

“정말 신기하군. 마치 지구가 숨겨둔 별빛을 품은 것 같아.” 잭은 감탄하며 발걸음을 옮겼다.

통로를 따라 계속 내려가자, 거대한 고사리들이 잭의 시야에 들어왔다. 이 고사리들은 지열과 습기를 머금고 자라며, 그늘을 만들어 주었다. 잭은 고사리 잎 사이를 지나며 그 크기에 놀랐다. “이렇게 큰 고사리는 처음 봐. 마치 원시의 숲 한가운데 있는 기분이야.”

바닥을 덮고 있는 에메랄드 이끼도 그의 눈길을 사로잡았다. 이끼는 녹색 빛을 반짝이며 동굴 벽을 타고 올라가 있었다. 잭은 이끼를 손으로 만져보았다. "이 이끼는 공기를 정화하고, 이곳의 생태계를 유지하는 중요한 역할을 하는 것 같아."

그는 계속해서 길을 따라가다가, 은은한 향기가 코끝을 간질이는 것을 느꼈다. 잭은 그 향기의 근원을 찾아갔다. 얼마 지나지 않아 그는 동굴 장미를 발견했다. 장미는 은은한 빛을 발하며 잭을 매료시켰다.

잭은 장미를 가까이서 들여다보았다. 그는 장미의 향기를 깊이 들이마시며 이곳에서의 새로운 발견에 기쁨을 느꼈다. 주변을 살피던 그는 장미 아래쪽에 탐스럽게 매달린 열매를 발견했다. 잭은 조심스레 열매 몇 개를 따서 주머니에 넣었다.

"이 모든 것들이 정말 놀라워. 지하 세계는 우리가 알지 못했던 많은 비밀을 간직하고 있어." 잭은 중얼거리며 앞으로 나아갔다. 그의 마음은 두려움보다는 기대와 설렘으로 가득 차 있었다.

지하 세계의 경이로움 속에서 잭은 다시 한번 모험의 참맛을 느꼈다. 그는 앞으로 어떤 일이 벌어질지 알 수 없었지만, 이곳에서의 모든 순간이 새로운 발견과 놀라움으로 가득 차 있을 것임을 직감했다.

제 3 화

보석의 숲

잭은 뿌리를 따라 내려가던 중 경사가 점점 완만해지는 것을 느꼈다. 그의 발걸음은 점점 안정되었고, 주변의 어둠이 서서히 밝아지기 시작했다. 그가 눈을 들어 올려다보았을 때, 천장이 높이 솟아 있는 거대한 동굴이 그의 앞에 펼쳐져 있었다.

동굴 천장은 마치 하늘처럼 높았고, 곳곳에 박힌 수정들이 반짝이는 빛을 내며 동굴을 밝혀주고 있었다. 잭은 그 경이로운 광경에 숨을 멈췄다. "이건 마치 또 다른 세상 같아…"

잭은 수정 하나를 손에 쥐고 빛을 살펴보았다. "스스

로 반짝이는 수정은 처음 봐. 마치 안에 작은 우주가 들어 있는 것 같아." 그는 수정을 조심스럽게 내려놓고, 주변을 더 탐색하기 시작했다.

천천히 걸음을 옮기던 잭은 이내 거대한 지하 숲에 다다랐다. 숲에는 다양한 보석들이 널려 있었다. 잭은 취옥의 녹색 광채와 홍옥의 붉은 빛에 매료되었다. "이 보석

들은 얼마나 오랜 세월을 견뎌온 걸까? 어떻게 이렇게 완벽한 형태로 남아 있을 수 있지?" 그는 손을 뻗어 청옥의 차가운 표면을 만져보았다.

걸음을 옮길 때마다 그의 발밑에서 작은 보석 조각들이 반짝였다. 잭은 그 조각들을 주워 들고, 손안에서 그 빛을 감상했다. "이곳은 정말 보물 창고 같아. 이런 보석들이 지하에 이렇게 많이 숨겨져 있다니…"

천장을 올려다보니, 수정들이 마치 별빛처럼 반짝이고 있었다. 그 빛은 숲 전체를 환상적으로 비추며, 마치 별이 빛나는 밤하늘을 연상케 했다. 잭은 그 장관에 숨이 멎을 것 같았다.

"이 지하 세계는 정말 놀라워. 내가 알던 세상과는 완전히 다르군." 잭은 중얼거리며 탐험을 이어갔다. 그는 이곳에서의 모든 경험이 새로운 배움과 발견으로 가득 차 있음을 느꼈다.

잭은 마음속으로 다짐했다. "이 신비로운 세계를 더 깊이 탐험해봐야겠어. 여기에는 아직 내가 알지 못한 많은 비밀들이 숨겨져 있을 거야."

그는 앞으로 나아가며 지하 세계의 신비를 하나씩 밝혀나갈 결심을 굳혔다. 잭은 그 모험을 통해 더 많은 것을 배울 준비가 되어 있었다.

제 4 화

지하인들의 도시, 테라리움

잭은 그의 눈앞에 펼쳐진 경이로운 보석들 사이를 지나며, 그 속에 숨겨진 또 다른 비밀을 찾고 있었다. 그러던 중, 잭은 발소리를 들었다. 작고 빠른 발걸음 소리가 동굴 벽을 타고 울려 퍼졌다.

"누구지?" 잭은 속삭이며 소리가 나는 방향으로 천천히 걸어갔다. 그는 발소리가 가까워질수록 호기심과 긴장감에 휩싸였다. 얼마 지나지 않아, 잭은 작은 소인들을 발견했다. 그들은 키가 작고, 빛나는 눈을 가진 생명체들이었다.

잭은 그들을 조심스럽게 바라보았다. "안녕? 난 잭이

야. 너희는 누구니?" 잭이 조심스럽게 물었다.

작은 소인들 중 하나가 앞으로 나섰다. "우리는 테라리언이야. 이 지하 세계의 주민들이지. 넌 누구지? 이곳에는 어떻게 오게 된 거야?" 지하인의 목소리는 호기심과 경계심이 섞여 있었다.

"나는 지상에서 왔어. 콩뿌리를 따라 내려왔지. 지하 세계가 이렇게 신비로울 줄은 몰랐어." 잭은 지하인들에게 자신의 이야기를 설명했다.

지하인들은 서로의 얼굴을 쳐다보며 잭의 이야기에 귀

를 기울였다. 그들은 그의 이야기에 흥미를 느끼는 듯했다. "지상에서 왔다고? 정말 놀랍군. 너를 환영할게, 잭. 우리의 도시 테라리움으로 안내해줄게."

잭은 지하인들이 안내하는 길을 따라 걷기 시작했다. 그들은 작은 손전등 같은 발광 물체를 들고 있어, 어둠 속에서도 길을 쉽게 찾을 수 있었다. 잭은 지하인들과 함께 걷는 동안 그들의 모습을 자세히 살펴보았다. 그들은 키가 작고, 피부는 지하 세계의 빛에 반사되어 은은하게 빛났다.

"테라리언들아, 너희 도시는 어떤 곳이야?" 잭이 물었다.

"테라리움은 우리의 집이자, 우리가 보호하는 곳이야. 귀한 보석들로 이루어진 아름다운 도시지. 그곳에서 우리의 역사와 문화를 볼 수 있을 거야." 지하인 중 하나가 대답했다.

잭은 지하인들의 이야기를 들으며 점점 더 그들에 대한 호기심이 커졌다. "그렇구나. 정말 기대돼. 너희 도시를 빨리 보고 싶어."

마침내 잭과 지하인들은 테라리움의 입구에 도착했다. 거대한 수정 문이 열리면서, 잭의 눈앞에는 반짝이는 도시가 펼쳐졌다. 온갖 보석들로 장식된 궁전과 시장, 주거 지역 등이 그의 시야에 들어왔다.

“와… 정말 아름다워.” 잭은 감탄을 금치 못했다. 지하인들은 잭의 반응을 보며 미소를 지었다.

“어서 와, 잭. 여기가 바로 테라리움이야. 이제 너도 우리의 친구야.” 지하인들은 잭을 환영하며 도시로 안내했다.

제 5 화

수도, 크리스타리움

지하인들의 안내를 받으며 잭은 그들의 도시에 들어섰다. 그가 처음 본 것은 거대한 수정궁이었다. 궁전은 여러 색의 수정들이 어우러져 찬란한 빛을 발하고 있었다. 잭은 입을 다물지 못하고 경이로운 눈으로 주위를 둘러보았다.

“이곳이 우리의 중심지 크리스타리움이야,” 지하인 중 한 명이 말했다. “이 곳은 우리 역사와 문화를 보관하고 있어. 우리 지도자들이 여기에 모여 중요한 결정을 내리지.”

잭은 궁전 앞에서 발걸음을 멈추고, 그 웅장함에 감탄

했다. "정말 아름다워. 스스로 빛나는 궁전이라니."

그들은 잭을 데리고 궁전 안으로 들어갔다. 내부는 외부보다 더 아름다웠다. 수정 벽은 빛을 반사하며 환상적인 무늬를 만들어냈고, 바닥은 보석들로 장식되어 있었다. 곳곳에는 오래된 문서와 유물들이 전시되어 있었다.

"이 문서들은 우리 조상들이 남긴 기록이야," 지하인은 설명했다. "우리는 이 기록들을 통해 우리의 역사를 배우고, 지혜를 얻어."

잭은 문서들을 하나하나 살펴보며, 지하인들의 오랜 역사를 느꼈다. "너희 조상들은 정말 지혜로웠구나. 이런 기록을 꼼꼼하게 남기다니."

궁전을 나온 잭과 지하인들은 시장으로 향했다. 시장은 활기차고 다양한 물건들로 가득했다. 상인들은 스스로 빛나는 수정으로 만든 장신구, 보석으로 장식된 의류, 희귀한 지하 식물들을 팔고 있었다. 잭은 이곳의 풍경에

매료되었다.

"여기는 우리의 시장이야. 우리는 여기서 필요한 것들을 사고팔지. 각종 물건들은 모두 우리의 손으로 직접 만든 것이야." 지하인이 말했다.

잭은 시장을 돌아다니며 다양한 물건들을 구경했다. "이 모든 것들이 너희 손으로 만든 거라고? 손재주가 정말 대단해."

그들은 시장을 지나 주거 지역으로 향했다. 주거 지역은 지하인들의 생활 공간이었다. 집들은 모두 보석들로 지어졌으며, 집집마다 독특한 디자인이 눈에 띄었다.

"여기가 우리가 사는 곳이야," 지하인이 설명했다. "각 집은 가족의 전통과 문화를 반영하고 있지."

잭은 주거 지역을 둘러보며, 지하인들의 따뜻한 환대를 느꼈다. "너희 집들은 정말 아름다워. 이런 곳에서 살면 분명 행복할거야."

하루 종일 테라리움을 탐험하며 잭은 많은 것을 배웠다. 지하인들은 그를 친절하게 대하며, 자신의 문화와 역사를 아낌없이 공유했다. 잭은 지하인들과 함께하는 시

간이 즐거웠고, 그들의 깊은 지혜와 따뜻한 마음에 감동했다.

"너희와 함께해서 정말 기뻐. 이곳에서 많은 것을 배웠어." 잭은 미소를 지으며 말했다.

"우리도 네가 와서 정말 기뻐, 잭. 앞으로도 우리와 함께 많은 시간을 보내길 바래." 지하인들은 잭을 환영하며 말했다.

잭은 앞으로의 모험과 발견에 대한 기대감으로 가득 차 있었다. 테라리움에서의 하루는 그의 인생에서 잊을 수 없는 경험이 되었다.

제 6 화

생명의 근원

잭은 지하인들과 함께 지하 호수를 향해 걸어갔다. 그들은 수정 길을 따라 걸었고, 길은 점점 더 밝아졌다. 잭은 빛이 반사되는 수정 벽과 바닥을 보며 놀라움을 감추지 못했다. 그들이 도착한 곳은 눈부시게 아름다운 지하 호수였다.

호수는 맑고 투명한 물로 가득 차 있었고, 호수 주변은 다양한 수정으로 둘러싸여 있었다. 수정은 물에 반사되어 더욱 빛나고 있었다. 호수 위로는 은은한 빛이 퍼져나가, 마치 마법의 장소에 온 것 같은 느낌을 주었다.

"이곳 바로 우리 지하 세계의 보물, 수정못이야." 지하인 중 하나가 말했다. "이 호수는 우리에게 생명을 주는 중요한 자원이야."

잭은 호수의 맑은 물을 들여다보며 그 깊이를 가늠했다. "정말 아름다워. 이렇게 맑고 깨끗한 물은 처음 봐. 이 물이 어떻게 이렇게 유지될 수 있는 거지?"

지하인은 미소를 지으며 대답했다. "이 물은 지하 깊은 곳에서 솟아나는 물이야. 수정이 물을 정화해주기 때문에 항상 맑고 깨끗해. 그리고 이 호수는 우리 지하 생명체들에게 필수적인 물을 공급해줘."

잭은 호수 주변을 천천히 걸으며 그 아름다움을 감상했다. 물 위로 반사된 빛은 마치 작은 별들이 춤추는 것 같았다. 그는 물속에 손을 담그고 그 차가운 감촉을 느꼈다. "이 물은 정말 시원하고 깨끗하구나. 여기서 마시는 물은 정말 맛있을 것 같아."

지하인들은 잭에게 호수의 중요성과 그들이 어떻게 이 물을 관리하는지 설명해주었다. "우리는 호수를 청결하게 유지하기 위해 많은 노력을 해. 물의 흐름을 조절하고, 불순물이 들어가지 않도록 항상 주의하고 있어."

잭은 지하인들의 노력에 감탄하며 말했다. “너희가 이 호수를 얼마나 소중히 여기는지 알겠어. 이 물이 없었다면 지하 세계는 지금과 같지 않았을 거야.”

그들은 호수 가장자리에 앉아 잠시 휴식을 취했다. 잭은 호수의 경이로운 풍경을 보며 마음의 평안을 찾았다. “이곳은 정말 특별해. 여기서 많은 시간을 보내고 싶어.”

지하인들은 잭의 말을 들으며 고개를 끄덕였다. “이 호수는 우리의 생명줄이자, 평화의 상징이야. 너도 우리와 함께 이 아름다움을 즐길 수 있어서 기뻐.”

제 7 화

석유로 이루어진 강

지하 호수의 맑은 물가를 걷던 잭은 수도 옆으로 이어진 검은 강을 발견했다. 강은 깊고 어두운 색을 띠고 있었으며, 마치 밤하늘처럼 빛을 흡수하는 듯했다. 잭은 그 강의 신비로운 모습에 이끌렸다.

"저 검은 강은 뭐지?" 잭은 지하인들에게 궁금한 듯 물었다.

지하인 중 하나가 대답했다. "이 강은 석유로 이루어진 강이야. 우리는 이 강을 흑강이라고 부르지. 이곳은 우리의 또 다른 중요한 자원이야."

잭은 놀라움을 감추지 못했다. "이 강 전체가 다 석유라고? 정말 어마어마한 양이야."

지하인들은 잭을 검은 강 가장자리로 안내했다. 강은 천천히 흐르며, 그 깊은 검은 색이 더욱 신비로움을 더했다. 잭은 강물에 손을 대보고 싶었지만, 지하인들이 주의를 주었다. "이 강은 굉장히 귀중한 자원이야. 우리는 이 석유를 조심스럽게 사용해. 에너지원으로도 사용하고, 우리 문명을 유지하는 데 필요한 재료로도 사용하지."

잭은 고개를 끄덕이며 강을 유심히 바라보았다. "정말

경이로워. 이렇게 귀중한 자원을 너희가 어떻게 발견하게 된 거야?"

지하인은 미소를 지으며 대답했다. "우리 조상들이 이곳을 발견했을 때, 이 강은 이미 흐르고 있었어. 우리는 오랜 시간 동안 이 석유를 연구하고, 안전하게 사용하는 방법을 찾아냈지. 지금은 우리 생활의 중요한 부분이 되었어."

잭은 지하인들의 이야기를 들으며 깊은 감명을 받았다. "너희가 이 자원을 얼마나 신중하게 관리하고 있는지 알겠어. 이렇게 중요한 걸 지켜낸 너희가 정말 대단해."

그는 검은 강을 따라 천천히 걸으며, 그 신비로움을 감상했다. 강물은 잔잔하게 흐르며, 마치 살아있는 생명체처럼 움직였다. 잭은 강을 바라보며 생각에 잠겼다. "이런 자원이 지하 세계에 숨겨져 있다니, 지상에서는 상상도 못할 일이야."

지하인들은 잭에게 검은 강 주변의 지형과 그곳에서 발견되는 다른 자원들에 대해 설명해주었다. 잭은 그들의 설명을 들으며 더 많은 것을 배우고자 하는 열망으로 가득 차 있었다. "이 강을 통해 많은 것을 배울 수 있을 것 같아. 너희가 어떻게 이 자원을 이용하는지도 보고 싶어."

지하인들은 잭의 말에 고개를 끄덕였다. "물론이지. 우리는 네가 더 많은 것을 배울 수 있도록 도와줄게. 우리와 함께하면, 이 신비로운 자원을 더 깊이 이해할 수 있을 거야."

제 8 화

지하 생태의 신비

잭은 지하인들과 함께 지하 세계를 탐험하며, 이곳의 독특한 동물들을 발견했다. 그의 눈앞에는 지상에서는 결코 볼 수 없는 신기한 생물들이 나타났다.

먼저, 잭의 눈길을 사로잡은 것은 발광털쥐였다. 작은 쥐와 비슷한 모습이지만, 그 털은 은은한 빛을 발하며 어두운 동굴을 자유롭게 돌아다녔다. 잭은 발광털쥐가 길을 따라 밝히는 빛을 보며 감탄했다. “이 작은 동물이 빛을 내다니, 정말 신기해.”

지하인 중 하나가 웃으며 말했다. “발광털쥐는 우리가 어두운 동굴을 탐험할 때 큰 도움이 돼. 그들은 자연스

럽게 길을 밝혀주지."

잭은 발광털쥐를 조심스럽게 따라가며, 그들이 이동하는 방식을 지켜보았다. 쥐들은 빛을 내며 빠르게 움직였고, 그 빛은 동굴 벽에 반사되어 더욱 환상적인 장면을 만들어냈다.

다음으로, 잭은 돌풍뎅이를 발견했다. 이 곤충은 암석처럼 단단한 껍질을 가지고 있었고, 그 껍질은 빛을 반사하며 금속 같은 광택을 내고 있었다. 잭은 돌풍뎅이를 가까이서 살펴보았다. "이 껍질은 정말 단단해 보이네. 마치 바위 같아."

지하인은 고개를 끄덕이며 설명했다. “돌풍뎅이는 그 단단한 껍질 덕분에 자신을 보호할 수 있어. 그리고 그들은 지하의 암석을 갉아먹으며 생활하지.”

잭은 돌풍뎅이의 움직임을 지켜보았다. 그들은 천천히 움직이며 주변의 암석을 탐색하고 있었다. 잭은 그들이 어떻게 단단한 껍질을 이용해 생존하는지 흥미롭게 바라보았다.

잭은 이어서 동굴박쥐를 발견했다. 이 박쥐들은 큰 몸집과 날개를 가지고 있었으며, 지하 세계의 포식자로서

중요한 역할을 하고 있었다. 잭은 동굴 천장에 매달린 박쥐들을 보며 감탄했다. “이 박쥐들은 정말 크고, 강력해 보여.”

지하인은 미소를 지으며 대답했다. “동굴박쥐는 우리 지하 세계의 균형을 유지하는 중요한 포식자야. 그들은 작은 곤충들을 잡아먹으며 생태계를 조절하지.”

잭은 동굴박쥐가 날개를 펴고 날아오르는 모습을 지켜보았다. 그들의 날갯짓은 강력하고 우아했으며, 어둠 속에서도 완벽한 조종을 보여주었다.

마지막으로, 잭은 이끼도마뱀을 발견했다. 이 도마뱀은 비늘이 발광하여 동굴 벽을 타고 이동하고 있었다.

잭은 이끼도마뱀의 빛나는 비늘을 보며 놀라움을 금치 못했다. “이 도마뱀은 마치 작은 등불 같아. 비늘이 빛을 내다니, 정말 경이로워.”

지하인은 고개를 끄덕이며 말했다. “이끼도마뱀은 주로 벌레를 먹으며, 동굴 벽을 타고 자유롭게 이동해.

그들의 발광 비늘은 어둠 속에서도 방향을 찾는 데 큰 도움이 되지.”

잭은 이끼도마뱀의 움직임을 지켜보았다. 도마뱀은 벽을 타고 빠르게 이동하며, 그 빛은 동굴을 더욱 신비롭게 만들었다. 잭은 이 신기한 동물들의 생태와 행동을 관찰하며 깊은 감명을 받았다.

"이 지하 세계는 정말 놀라운 곳이야. 이렇게 독특한 동물들을 보게 될 줄은 몰랐어." 잭은 지하인들에게 감사의 마음을 전했다.

지하인은 미소를 지으며 말했다. "우리는 네가 이곳에서 많은 것을 배울 수 있어서 기뻐. 지하 세계에는 아직도 많은 신비가 숨겨져 있어."

제 9 화

몰락의 저주

잭은 테라리움 마을의 한 편을 걷다가, 다친 지하인들을 발견했다. 그들은 지친 표정으로 땅에 앉아 있었고, 몇몇은 부상을 입은 채 신음하고 있었다. 잭은 놀라며 다가갔다. "무슨 일이야? 누가 너희를 이렇게 만든 거지?" 잭은 걱정스러운 눈빛으로 물었다.

지하인 중 한 명이 힘겹게 고개를 들고 대답했다. "몰락이라는 괴물이 나타났어. 그 괴물이 우리 도시를 초토화시켰어. 많은 테라니언들이 다쳤고, 우리 도시의 일부분이 파괴됐어."

잭은 그들의 말을 들으며 깊은 충격을 받았다. "몰락?

그 괴물은 대체 무엇이야?"

다른 지하인이 말했다. "몰락은 지하 세계의 평화를 깨뜨리는 존재야. 우리는 그와의 전투를 준비했지만, 그의 강력한 힘에 의해 많은 이들이 다쳤어."

잭은 주위를 둘러보며 파괴된 도시의 일부를 보았다.

테라리움의 건물들이 무너져 있었고, 보석들로 장식된 거리 일부는 폐허가 되어 있었다. 잭은 이 모든 것이 몰락이라는 괴물의 소행이라는 사실에 분노와 슬픔을 느꼈다.

"너희가 이렇게 용감하게 싸웠다니, 정말 존경스러워. 나는 반드시 몰락을 무찌를 거야. 너희와 함께 싸울게." 잭은 굳은 결심을 내비쳤다.

지하인들은 잭의 결심에 희망을 느꼈다. "네가 우리와 함께해준다면, 우리는 다시 일어설 수 있을 거야."

잭은 그들의 용기와 희생에 깊은 감동을 받았다. "몰락을 무찌르기 위해 내가 할 수 있는 모든 것을 다할게. 우리는 함께 이 위기를 극복할 수 있어."

제 10 화

희망의 결속과 몰락을 향한 여정

지하인 중 한 명이 말했다. “잭, 너는 우리보다 크고 강해. 네가 우리를 도와준다면, 몰락의 저주를 풀 수 있을 거야.”

잭은 그들의 기대에 부응하기로 결심했다. “그래, 난 크니까 너희보다 더 강하게 싸울 수 있어. 몰락을 물리치기 위해 너희와 함께 싸울게.”

지하인들은 잭의 결심에 힘을 얻었다. “네가 우리와 함께 싸워준다면, 우리는 반드시 승리할 수 있을 거야.”

잭은 지하인들과 함께 몰락을 물리칠 계획을 세우기 시작했다. 그들은 잭의 크기와 힘을 활용하여 몰락의 약

점을 공략할 전략을 고민했다. 지하인들은 잭에게 몰락의 동굴 위치와 그에 대한 정보를 자세히 설명해주었다.

"몰락은 저 동굴 깊숙한 곳에 숨어있어. 그의 힘은 엄청나지만, 우리가 함께하면 이겨낼 수 있어." 지하인이 말했다.

잭은 지하인들의 설명을 들으며 마음을 다잡았다. "우리는 반드시 몰락을 물리칠 거야. 너희와 함께라면 가능할 거야."

지하인들은 잭의 말에 고개를 끄덕이며 결의를 다졌다. "맞아, 우리는 함께라면 무엇이든 할 수 있어. 잭, 네가 우리의 희망이야."

잭은 지하인들과 함께 몰락을 무찌르기 위한 여정을 떠날 준비를 마쳤다. 그들은 서로에게 용기와 결의를 다지며, 앞으로 나아갈 준비를 했다. 몰락과의 싸움은 쉽지 않을 것이었지만, 잭과 지하인들은 함께라면 어떤 어려움도 이겨낼 수 있을 것이라는 확신을 가지고 있었다.

"우리는 함께 싸울 거야. 몰락을 물리치고, 우리의 평화를 되찾자." 잭은 결연한 표정으로 말했다.

지하인들은 잭의 말에 큰 소리로 화답했다. "그래, 우리의 도시를 되찾자! 몰락을 무찌르자!"

그들은 몰락의 동굴을 향해 발걸음을 옮기며, 새로운 희망과 용기를 가슴에 품었다.

제 11 화

몰락의 동굴

잭과 지하인들은 몰락의 동굴을 향해 발걸음을 옮겼다. 그들은 몰락이 숨어 있는 동굴의 입구에 도착했을 때, 동굴 속에서 뿜어져 나오는 차가운 공기를 느낄 수 있었다. 잭은 주먹을 불끈 쥐고 지하인들에게 용기를 주기 위해 말했다. "우리는 함께라면 몰락을 이겨낼 수 있어. 두려워하지 말고 나를 따라와."

지하인들은 잭의 말을 듣고 고개를 끄덕였다. 그들은 잭을 따라 동굴 깊숙한 곳으로 들어갔다. 동굴 속은 어둡고, 그들의 발걸음 소리가 크게 울려 퍼졌다. 잭은 발광 버섯의 빛을 따라 앞을 비추며 나아갔다.

얼마 지나지 않아, 그들은 동굴 벽에 비친 거대한 그림자를 보았다. 그림자는 점점 커지더니, 몰락의 윤곽이 모습을 드러냈다. 몰락은 어두운 빛을 발하며 잭과 지하인들을 위협했다.

"저것이 몰락이야," 지하인 중 하나가 두려운 목소리로 말했다.

잭은 용기를 내어 앞으로 나섰다. "내가 먼저 다가가 볼게. 너희는 뒤에서 기다려."

잭은 천천히 몰락에게 다가갔다. 그의 심장은 쿵쾅거렸지만, 그는 결코 물러서지 않았다. 잭은 몰락의 거대한 형체를 직면하며, 더 가까이 다가갔다.

그 순간, 잭은 몰락의 눈을 마주쳤다. 그 눈은 잭을 알아보는 듯한 빛을 발했다. 잭은 순간적으로 멈칫하며 몰락의 모습을 자세히 살펴보았다. 몰락의 거대한 몸집과 강력한 존재감 뒤에 숨겨진 진실을 알아차렸다.

제 12 화

황금 알을 낳는 거위

"이럴 수가… 이건 황금 알을 낳는 거위잖아!" 잭은 충격에 휩싸였다.

몰락, 즉 거위는 잭을 알아보는 듯했다. 잭은 거위에게 다가가며 조심스럽게 손을 내밀었다. "거위야, 나야. 잭이야."

거위는 잭의 목소리를 듣고 반가운 눈빛을 보냈다. 잭은 눈물을 흘리며 거위를 안았다. "너를 다시 만나게 될 줄은 꿈에도 몰랐어. 어떻게 이렇게 변한 거야?"

지하인들은 잭이 몰락을 감싸안자 놀라움을 감추지 못했다. "잭이 몰락을 제압했어! 어떻게 된 거지?"

잭은 거위의 털을 쓰다듬으며 말했다. "이 거위는 예전에 내가 키우던 황금 알을 낳는 거위야. 그런데 어떻게 이렇게 변해버린 거지?"

지하인 중 하나가 설명했다. "오랜 시간 동안 지하 세계의 방사능에 노출되면 형태가 변형될 수 있어."

잭은 거위의 눈을 바라보며 다짐했다. "이제 널 다시 안전하게 지켜줄게. 그리고 우리 모두의 평화를 되찾을 거야."

거위는 잭의 품에 안겨 안도한 듯한 표정을 지었다. 잭

은 거위를 데리고 동굴 밖으로 나왔다. 지하인들은 잭이 제압한 거위를 보며 기쁨의 환호성을 질렀다. "잭이 몰락을 무찔렀다!" 지하인들이 외쳤다.

잭은 고개를 끄덕이며 지하인들에게 말했다. "그래, 몰락은 내가 지상 세계로 데리고 나갈게. 그럼 너희들은 지하 세계의 평화를 되찾을 거야"

지하인들은 잭의 말에 희망을 느꼈다. 잭은 거위와의 재회에 기뻐했다.

제 13 화

지하인들의 감사와 선물

잭은 거위를 데리고 지상으로 돌아가겠다고 결심했다. 지하인들은 몰락을 해결하고 지하 세계의 평화를 되찾아준 잭에게 깊은 감사의 뜻을 전했다. 그들은 잭에게 다가와 그의 용기에 감사를 표했다.

"잭, 네 덕분에 우리 세계에 평화가 찾아왔어. 정말 고마워," 한 지하인이 말했다.

잭은 미소 지으며 고개를 끄덕였다. "나도 너희 덕분에 많은 것을 배웠어. 너희의 도움 없이는 할 수 없었을 거야."

그때, 테라리움의 지도자 하데스가 나타났다. 그는 크리스탈과 보석으로 장식된 화려한 옷을 입고 있었고, 그의 모습은 부유하고 위엄이 넘쳤다. 하데스는 잭에게 다가와 손을 내밀었다. "잭, 너의 용기에 깊이 감사한다. 너는 우리의 진정한 영웅이야," 하데스가 말했다.

잭은 하데스의 손을 잡으며 고개를 숙였다. "고맙습니다, 하데스. 저는 그저 해야 할 일을 했을 뿐입니다."

하데스는 잭에게 땅에서 나는 귀한 보석으로 가득 찬

작은 상자를 건네주었다. "이 보석들은 우리의 감사의 표시다. 너의 용기와 희생에 대한 우리의 작은 보답이다."

잭은 상자를 받아들며 감동했다. "정말 감사합니다. 이 보석들은 제가 절대 잊지 않을 거예요."

제 14 화

작별과 안전한 귀환

잭은 지하인들과 작별 인사를 나누며 지하 세계를 떠날 준비를 했다. 그는 지하인들과의 우정을 소중히 여기며, 앞으로도 그들과의 교류를 이어갈 것을 다짐했다.

"잭, 언제든지 돌아와. 우리는 너를 환영할 거야," 지하인이 말했다.

잭은 미소를 지으며 고개를 끄덕였다. "반드시 돌아올게. 너희와 함께한 시간은 잊지 않을 거야."

하지만 잭은 집에 어떻게 돌아가야 할지 걱정스러웠다. "그런데 집에 어떻게 돌아가야 할지 모르겠어."

하데스는 잭의 어깨에 손을 얹으며 말했다. "걱정할 필요 없다, 잭. 우리는 네가 안전하게 지상으로 돌아갈 수 있도록 도울 것이다."

제 15 화

수관을 통한 여정

잭은 지하인들의 안내를 받아 지상으로 돌아가는 길을 찾았다. 지하인들은 잭을 거대한 수관이 있는 곳으로 데려갔다. 수관은 지하 세계와 지상을 연결하는 중요한 통로였다.

지하인 중 한 명이 설명했다. "오래전부터 우리는 콩뿌리를 댐으로 사용해왔어. 비가 많이 오는 날에는 콩뿌리가 물을 저장하도록 해 두었지. 지금은 그 물이 너를 지상으로 올려줄 거야."

잭은 고개를 끄덕이며 수관을 살펴보았다. 수관은 거대한 미끄럼틀처럼 보였고, 물이 차오르면 잭을 지상으

로 밀어올릴 준비가 되어 있었다.

"고마워. 너희 덕분에 무사히 돌아갈 수 있을 것 같아." 잭은 지하인들에게 감사의 뜻을 전했다.

지하인들은 잭에게 미소 지으며 말했다. "잭, 네 용기와 희생 덕분에 우리는 다시 평화를 찾을 수 있었어. 안전하게 돌아가길 바랄게."

잭은 거위를 꼭 안고 수관에 몸을 실었다. 지하인들은 댐을 열어 물을 수관으로 흘려보내기 시작했다. 물이 점점 차오르며 잭의 몸을 들어올렸다.

제 16 화

지상으로의 귀환

지하인들이 댐을 열자, 물이 수관을 따라 잭에게 밀려 들어왔다. 잭은 부력에 의해 서서히 위로 올라갔다. 수관을 통한 여정은 놀라운 자연의 원리로 가득 차 있었다. 물이 잭이 있는 뿌리로 밀려들어올 때마다 잭은 점점 더 지상에 가까워졌다.

잭은 거위를 꼭 안고, 수관을 통해 지상으로 올라가는 동안 주변의 경이로운 풍경을 감상했다. 크리스탈 벽이 반짝이며 빛을 반사했고, 물방울들이 마치 별처럼 빛나며 잭을 둘러싸고 있었다.

“우리를 이토록 손쉽게 들어올리다니…정말 놀라운 자

연의 힘이야." 잭은 중얼거리며 자신이 겪고 있는 여정을 감탄했다.

수관을 따라 올라가는 동안 잭은 마음속으로 지하인들과의 우정과 그들의 도움을 되새겼다. 그는 지상에 도착하면 그들에게 감사의 마음을 전하기로 결심했다.

마침내, 잭은 수관의 끝에 도달했다. 밝은 빛이 잭의 눈앞에 펼쳐졌고, 그는 지상으로 나오는 길을 발견했다. 잭은 거위를 품에 안고, 수관을 통해 지상으로 나왔다.

그는 지상에 도착한 것을 실감하며 깊은 숨을 내쉬었다. "우리가 해냈어. 이제 다시 집으로 돌아가자." 잭은 거위를 바라보며 미소를 지었다.

그렇게 잭은 지하인들과의 소중한 추억을 가슴에 품고, 지상으로 돌아왔다. 그는 앞으로의 새로운 여정을 다짐하며, 거위와 함께 집으로 향했다.

에필로그

가족과의 재회

지상으로 올라온 잭은 마침내 집 앞에 도착했다. 그의 마음은 설렘과 기대감으로 가득 차 있었다.

문을 열고 들어가자, 그의 아내와 아들이 깜짝 놀라며 그를 맞이했다.

"잭! 정말 당신이야?" 아내가 눈물을 글썽이며 말했다.

"그래, 나야. 무사히 돌아왔어." 잭은 아내를 껴안으며 말했다. 그의 품 안에는 황금 알을 낳는 거위가 함께 있었다.

아들은 거위를 보고 눈을 크게 떴다. "아빠, 저게 그 황금 알을 낳는 거위야? 어떻게 된 거야?" 아들이 놀라움을 감추지 못하며 물었다.

잭은 미소 지으며 말했다. “긴 이야기가 있어. 다들 앉아 봐. 내가 지하 세계에서 어떤 일을 겪었는지 말해줄게.”

아내와 아들이 둘러앉자, 잭은 지하 세계에서의 모험을 이야기하기 시작했다. 지하인들과의 만남, 몰락의 저주를 풀기 위해 싸운 이야기, 그리고 거위를 다시 만난 과정을 상세히 설명했다. 가족들은 그의 이야기에 귀를 기울이며 놀라움과 감동을 느꼈다.

“그리고 이것 봐, 내가 지하 세계에서 가져온 보석들이

야." 잭은 지하인들이 준 보석 상자를 열어 가족들에게 보여주었다.

"정말 아름다워요! 이렇게 귀한 보석들을 어디서 구한 거예요?" 아내가 감탄하며 물었다.

"지하인들이 내게 준 선물이야. 그들의 감사의 표시로 말이야. 그들은 내가 몰락을 물리친 것을 매우 고마워했어." 잭은 미소를 지으며 대답했다.

아내와 아들은 잭의 용기와 희생에 대해 자랑스러워했다. 아내는 잭의 손을 잡고 말했다. "당신 정말 대단해요, 잭. 우리는 당신이 자랑스러워요."

잭은 가족들과 함께 지하 세계에서의 경험을 이야기하며, 앞으로의 새로운 모험을 꿈꾸기 시작했다.

지하인들과의 우정, 그들과의 교류는 잭에게 큰 용기와 희망을 주었다.

"앞으로도 많은 모험이 우리를 기다리고 있을 거야. 그리고 언제든지 지하인들을 다시 만나러 갈 수 있을 거야." 잭은 가족들에게 말했다.

아내와 아들은 잭의 말에 고개를 끄덕이며 미소를 지었다. "그래요, 우리는 언제나 당신 곁에 있을 거예요. 당신이 어디를 가든, 어떤 모험을 하든 함께할 거예요."

잭은 가족과 함께 행복한 시간을 보냈다. 지하 세계에서의 경험은 그에게 큰 교훈과 용기를 주었고, 앞으로의 새로운 모험을 위한 발판이 되었다. 잭은 가족과 함께 평화롭고 행복한 나날을 보내며, 항상 새로운 도전을 꿈꾸었다.

부록

신비로운 지하 생태계

책과 콩뿌리에 등장하는 생물들은 독특한 지하 생태계를 이루며, 각각 다른 역할을 하여 이 세계의 생명체들이 공존할 수 있도록 돕고 있습니다.

1

동굴박쥐

학명: 카베르노프테라 마그나

설명: 동굴박쥐는 큰 몸집과 날개를 가진 포식자 로, 주로 곤충과 작은 동물을 먹고 삽니다. 이들은 동굴 내의 균형을 유지하는 중요한 역할을 하며, 초음파를 이용해 어두운 환경에서도 자유롭게 비행할 수 있습니다. 동굴박귀는 테라니안들이 두려워하 지만, 생태계의 균형을 위해 중요한 존재입니다.

2
발광털쥐

학명: 루미노키루스 펠토르

설명: 발광털쥐는 동굴 내에서 서식하는 작은 포유류로, 특유의 발광 털을 가지고 있습니다. 이 털은 어두운 환경에서도 빛을 발하며, 주로 곤충과 작은 식물의 씨앗을 먹고 삽니다. 발광털쥐는 테라니안들과 친근한 관계를 맺고 있어, 동굴 탐험 시 길을 밝혀주는 역할을 합니다.

3

이끼도마뱀

학명: 라이케노비페라 루미나

설명: 이끼도마뱀은 작은 도마뱀 형태의 생물 로, 몸을 덮고 있는 발광 비늘로 인해 어두운 동굴에서도 빛을 발합니다. 이들은 주로 작은 벌레와 이끼를 먹고 살며, 동굴 벽을 타고 이동하는 모습을 자주 볼 수 있습니다. 이끼도마뱀의 발광 비늘은 천적으로부터 자신을 보호하는 데 도움이 됩니다.

4

돌풍뎅이

학명: 페트레오스카라바이우스 로부스투스

설명: 돌풍뎅이는 단단한 껍질을 가진 곤충으로, 주로 암석을 먹이로 삼아 생존합니다. 이 곤충은 지하 세계의 주요 분해자로, 죽은 식물과 동물의 잔해를 분해하여 토양의 질을 개선하 는 중요한 역할을 합니다. 돌풍뎅이의 껍질은 매우 단단해 포식자로 부터 자신을 보호할 수 있습니다.

Jack and the Beanroot

To You,
My Found Treasure

Table of Contents

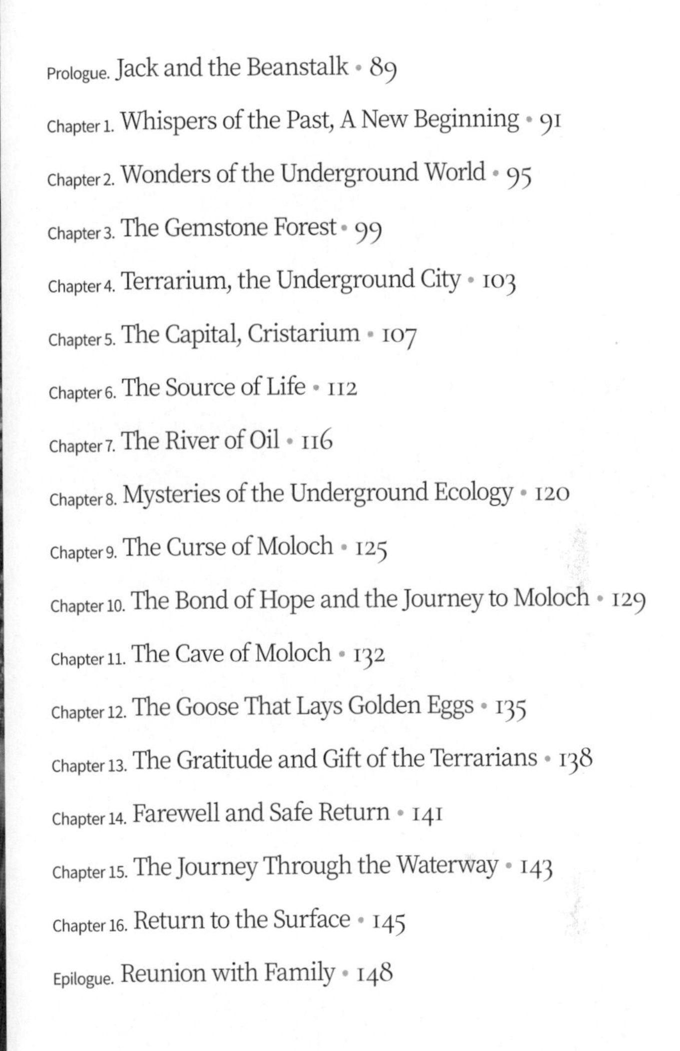

Prologue

Jack and the Beanstalk

Long ago, in a small village, there lived a boy named Jack. He lived with his poor mother, and one day, his life changed forever thanks to a magical bean he got at the market. This bean was no ordinary seed. Overnight, it grew into a massive tree that stretched high into the sky, leading Jack to an entirely new world.

Summoning his courage, Jack climbed the towering beanstalk. At the top, above the clouds, he discovered a hidden realm where a gigantic castle stood. Inside, treasures beyond his wildest dreams awaited: a goose that laid golden eggs, a harp that played enchanting melodies, and a giant who fiercely guarded it all.

After a tense confrontation with the giant, Jack barely escaped with his life. Holding the goose with the golden eggs in his arms, he cut down the beanstalk with an axe. The massive tree toppled, seemingly bringing an end to everything. The giant disappeared along with the fallen tree, and Jack returned to a seemingly normal life.

Chapter 1

Whispers of the Past, A New Beginning

Warm sunlight rippled across Jack's face as he lay in his backyard, basking in its glow. Though 20 years had passed, the old beanstalk that once brought him to a world of adventure still stood there, a silent reminder of his youth. Now withered and brittle, the tree retained its ancient glory, its hollow core a testament to days gone by. Whenever the wind blew, it seemed to whisper stories of the past, as if the tree itself remembered.

Jack stared at the tree, lost in thought, before getting to his feet. He approached and peered into the hollow trunk. From the deep, dark hole within, it felt as though something was calling to him. Running his hand along the rough bark, he found himself vividly recalling the memories of his old adventure—the battle with the giant high above the clouds and the discovery of the goose that laid golden eggs.

"Where do these roots even lead?" Jack murmured to himself.

Taking a deep breath, he stepped into the tree's hollow core. The inside was larger than it appeared, and the roots twisted downward like a massive slide leading into the earth. Slowly, Jack began to descend, each step accompanied by the faint thrum of the tree's heartbeat echoing in his ears.

"One more time, let's go on an adventure," he whispered to himself, venturing deeper and deeper.

As he descended into the earth, Jack's heart swelled with both fear and excitement. He had no idea where the massive root passage would lead, but his curiosity wouldn't let him stop. Instinctively, he felt that his childhood adventure was beginning anew. With a mix of anticipation and courage, Jack plunged into the darkness of the roots.

Recalling the bravery and resolve he had gained from his past journey, Jack eagerly embraced the promise of a new world waiting to be discovered. His adventure had just begun, and once again, he was walking the path into the unknown.

Chapter 2

Wonders of the Underground World

Jack cautiously walked down the long passage that followed the roots of the beanstalk into the underground. The tunnel grew darker as he descended, but his curiosity and determination never wavered. The root passage spiraled downward, and Jack carefully felt his way along the walls to guide himself.

After some time, he noticed a faint glow ahead. Bioluminescent mushrooms were scattered along the passage, their soft light illuminating the way like tiny lanterns. Jack picked one up and marveled at its gentle glow.

"Amazing. It's like the earth has hidden starlight

within these mushrooms," he said in awe, continuing his journey.

As he ventured deeper, massive ferns came into view. These ferns thrived in the geothermal warmth and moisture, their towering fronds creating a canopy of shadows. Walking among them, Jack was astonished by their size. "I've never seen ferns this big. It feels like I've stepped into a primordial forest."

The ground beneath him was carpeted with

emerald moss that shimmered faintly, climbing up the walls of the cavern. Jack knelt down to touch it, feeling its soft texture. "This moss seems to purify the air and sustain the delicate ecosystem here," he mused.

As he pressed on, a subtle fragrance teased his senses. Intrigued, Jack followed the scent to its source. Soon, he came upon a cluster of glowing cave roses. The roses emitted a soft, alluring light that captivated him.

Jack leaned closer to inspect the roses, taking a deep breath of their sweet aroma. The discovery filled him with joy. As he examined the area, he noticed plump fruits hanging beneath the roses. Carefully, he picked a few and tucked them into his pocket.

"Everything here is so incredible. This underground world holds secrets we've never imagined," Jack murmured, his voice filled with wonder.

He continued along the path, his heart brimming

not with fear but with anticipation and excitement.

Amidst the wonders of this underground realm, Jack felt the thrill of adventure once more. Though he couldn't predict what lay ahead, he knew every moment in this place would bring new discoveries and endless surprises.

Chapter 3

The Gemstone Forest

As Jack continued his descent along the roots, he noticed the slope gradually leveling out. His steps became steadier, and the darkness around him slowly began to lift. When he looked up, a massive cavern with a towering ceiling unfolded before his eyes.

The cavern's ceiling stretched as high as the sky, adorned with sparkling crystals embedded throughout. These crystals radiated a soft, glowing light that illuminated the entire space. Jack stood in awe of the breathtaking sight. "This feels like an entirely different world···"

He picked up one of the crystals and examined its light closely. "I've never seen a crystal that glows on its own. It's like there's a tiny universe trapped inside," he marveled, carefully setting the crystal back down before continuing to explore.

As he walked further, Jack soon found himself in a sprawling underground forest. The forest floor was scattered with various gemstones, each emitting a mesmerizing glow. Jack was captivated by the green brilliance of emeralds and the fiery red

hues of rubies. "How many years must these gems have endured to remain in such perfect form?" he wondered aloud, running his fingers over the cool, smooth surface of a sapphire.

With every step, tiny fragments of gemstones sparkled under his feet. Jack bent down to pick up a few pieces, watching their light dance in his hands. "This place feels like a treasure trove. To think that so many jewels have been hidden away underground⋯"

When Jack looked up at the ceiling again, the shimmering crystals above reminded him of a starlit night sky. Their ethereal glow cast a magical light over the entire forest, creating an atmosphere that felt otherworldly. Jack couldn't help but be mesmerized by the beauty of it all.

"This underground world is truly incredible. It's nothing like the world I've known," he whispered to himself, continuing his exploration. Every moment in this place felt like a new lesson, a chance to discover something extraordinary.

Jack made a silent vow. "I need to explore this mysterious world even further. There must be countless secrets hidden here that I haven't uncovered yet."

Determined, he pressed onward, ready to uncover the wonders of the underground world one step at a time. Jack knew he was prepared to learn and grow from every moment of this incredible adventure.

Chapter 4

TERRARIUM, THE UNDERGROUND CITY

As Jack wandered through the stunning array of gems before him, he searched for another hidden secret within this underground world. Suddenly, he heard footsteps. Quick and light, the sound echoed off the cavern walls.

"Who's there?" Jack whispered, moving cautiously toward the source of the sound. As the footsteps grew louder, a mixture of curiosity and tension filled him. Before long, Jack spotted small figures darting about. They were tiny beings with luminous eyes and small frames.

Jack observed them carefully before speaking. "Hello? I'm Jack. Who are you?" he asked gently.

One of the small figures stepped forward. "We are the Terrarians, the inhabitants of this underground world. Who are you, and how did you get here?" The Terrarian's voice was a mix of curiosity and caution.

"I'm from the surface. I climbed down the roots of a beanstalk to get here. I had no idea this underground world would be so incredible," Jack explained.

The Terrarians exchanged glances, intrigued by Jack's story. One of them spoke up. "You came from

the surface? That's remarkable. Welcome, Jack. Let us take you to our city, Terrarium."

Jack followed as the Terrarians led the way. They carried small glowing objects that acted like flashlights, lighting the path through the darkness. As they walked, Jack observed their appearance closely. They were small in stature, with skin that shimmered faintly under the glow of the underground light.

"Terrarians, what is your city like?" Jack asked.

"Terrarium is our home and the place we protect. It's a beautiful city made of precious gems, where you can learn about our history and culture," one of the Terrarians replied.

Jack's curiosity about these mysterious beings grew with every word they spoke. "That sounds amazing. I can't wait to see your city."

Finally, they arrived at the entrance to Terrarium. A massive crystal door slowly opened, revealing a dazzling city beyond. Jack's eyes widened as he took in the sight of palaces, markets, and residential areas, all adorned with glittering gems.

"Wow··· this is incredible," Jack said, unable to contain his amazement. The Terrarians smiled at his reaction.

"Welcome, Jack. This is Terrarium, and now, you are our friend," they said, ushering him into their city.

Jack followed, captivated by the shimmering beauty of Terrarium and the promise of more wonders waiting to be discovered.

Chapter 5

The Capital, Cristarium

Guided by the Terrarians, Jack entered their city. The first thing he saw was a massive crystal palace. The palace shimmered with light as crystals of various colors intertwined to create a dazzling display. Jack couldn't keep his mouth closed, his eyes wide with awe as he took in the breathtaking sight.

"This is Cristarium, our central hub," one of the Terrarians explained. "It holds our history and culture. It's also where our leaders gather to make important decisions."

Jack paused in front of the palace, marveling at its grandeur. "It's truly stunning. A palace that glows on its own—how incredible."

The Terrarians led Jack inside the palace. The interior was even more magnificent than the exterior. The crystal walls reflected light, creating mesmerizing patterns, and the floors were adorned with gems. Throughout the palace, ancient documents and artifacts were on display.

"These documents are records left by our ancestors," a Terrarian said. "Through these, we learn about our history and gain wisdom."

Jack examined the documents one by one, feeling the weight of the Terrarians' long and rich history. "Your ancestors must have been incredibly wise to leave such detailed records," he remarked.

After leaving the palace, Jack and the Terrarians headed to the market. The market was bustling with activity and filled with an array of unique goods. Merchants sold glowing crystal jewelry, gem-adorned clothing, and rare underground plants. Jack

was captivated by the vibrant scene.

"This is our marketplace," a Terrarian explained. "Here, we trade what we need. Everything you see is crafted by our own hands."

Jack wandered through the market, admiring the variety of items. "You made all of this yourselves? Your craftsmanship is amazing."

After exploring the market, they moved on to the residential area, the living spaces of the Terrarians. The houses, built entirely of gems, each had unique and intricate designs that reflected the culture of their inhabitants.

"This is where we live," a Terrarian said. "Each house reflects the traditions and culture of the family that resides within."

As Jack explored the residential area, he felt the warmth of the Terrarians' hospitality. "Your homes are so beautiful. Living in a place like this must bring so much happiness."

Throughout the day, Jack explored Terrarium and

learned a great deal. The Terrarians treated him kindly, openly sharing their culture and history. Jack thoroughly enjoyed his time with them and was moved by their deep wisdom and warm hearts.

"I'm so glad to have met you all. I've learned so much here," Jack said with a smile.

"We're happy you came, Jack. We hope you'll spend more time with us in the future," the Terrarians replied, welcoming him warmly.

Jack's heart was filled with excitement for the adventures and discoveries that lay ahead. His day in Terrarium had become an unforgettable experience in his life.

Chapter 6

The Source of Life

Jack walked alongside the Terrarians toward the underground lake. They followed a path of crystals that grew increasingly brighter as they progressed. Jack couldn't hide his amazement as he observed the reflective crystal walls and floor. When they arrived, they were met with a dazzlingly beautiful sight: the underground lake.

The lake was filled with crystal-clear water, surrounded by an array of vibrant crystals that reflected in the water, amplifying their brilliance. A soft glow spread across the surface of the lake, giving the place an almost magical atmosphere.

"This is Crystal Lake, the treasure of our

underground world," one of the Terrarians explained. "This lake is a vital source of life for us."

Jack peered into the lake's pristine water, trying to gauge its depth. "It's incredible. I've never seen water this clear and pure. How does it stay this way?"

The Terrarian smiled and replied, "This water comes from deep underground. The crystals naturally purify it, so it remains clean and fresh. The lake provides essential water for all life in our underground world."

Jack strolled around the lake, taking in its breathtaking beauty. The light reflected on the surface looked like tiny stars dancing on the water. He dipped his hand into the lake, feeling the cool, refreshing touch of the water. "This water feels so fresh and cool. I bet it tastes amazing."

The Terrarians explained the importance of the lake and how they worked tirelessly to maintain it. "We take great care to keep the lake clean. We regulate its flow and ensure that no impurities enter it."

Jack admired their efforts and said, "I can see how much you value this lake. Without it, the underground world wouldn't be what it is today."

They sat by the lake's edge to rest for a while. Jack gazed at the lake's serene beauty and felt a profound sense of peace. "This place is truly special. I'd love to spend more time here."

The Terrarians nodded at his words. "This lake is not just our lifeline but also a symbol of peace. We're glad you can share in its beauty with us."

Chapter 7

The River of Oil

As Jack strolled along the clear waters of the underground lake, he noticed a dark river branching off to the side. The river was deep and carried an inky black hue, as if it absorbed light like the night sky. Drawn by its mysterious appearance, Jack couldn't help but ask.

"What's that black river over there?" he asked the Terrarians curiously.

One of the Terrarians replied, "That is a river of oil. We call it the Black River. It's another vital resource for us."

Jack was astonished. "The entire river is made of oil? That's an incredible amount."

The Terrarians led Jack to the edge of the black river. The water flowed steadily, its deep black color adding to its enigmatic charm. Jack felt an urge to touch the surface, but the Terrarians cautioned him. "This river is a very precious resource. We handle it carefully. We use the oil as a source of energy and as raw material to sustain our civilization."

Nodding, Jack studied the river closely. "It's truly

remarkable. How did you discover such a valuable resource?"

Smiling, a Terrarian explained, "When our ancestors first found this place, the river was already here, flowing as it does now. Over time, we studied the oil and learned how to use it safely. It has become an essential part of our lives."

Jack was deeply impressed by their story. "I can see how carefully you manage this resource. It's incredible that you've preserved and utilized something so important."

As he walked slowly along the edge of the river, Jack admired its mystique. The surface of the river flowed gently, almost as if it were alive, moving with a quiet grace. Staring at the river, Jack thought aloud, "A resource like this hidden in the underground world—it's something unimaginable on the surface."

The Terrarians explained more about the terrain surrounding the Black River and the other resources found nearby. Jack listened intently, eager to learn.

"I feel like I could learn so much from this river. I'd love to see how you use this resource."

The Terrarians nodded at Jack's enthusiasm. "Of course. We'll help you learn as much as you'd like. By working with us, you'll gain a deeper understanding of this mysterious resource."

Jack's curiosity grew with every step, and he looked forward to discovering more about the wonders of the Black River and the wisdom of the Terrarians.

Chapter 8

Mysteries of the Underground Ecology

As Jack explored the underground world with the Terrarians, he came across unique creatures unlike anything he had ever seen on the surface.

The first to catch Jack's attention was the Luminous Sil. Resembling small mice, these creatures emitted a soft, glowing light from their fur as they darted freely through the dark caves. Jack marveled at the light they cast along the path. "A tiny animal that glows—it's incredible."

One of the Terrarians smiled and said, "The Luminous Sil is a great help to us when we explore dark caves. They naturally light the way for us."

Jack carefully followed the Luminous Sil, observing

how they moved. The glowing creatures scurried quickly, their light reflecting off the cave walls to create an enchanting display.

Next, Jack encountered the Stone Beetle. These insects had shells as hard as rock, with a metallic sheen that reflected light. Jack bent down to examine one closely. "This shell looks so tough. It's like a piece of stone."

The Terrarian nodded. "The Stone Beetle uses its tough shell for protection. They survive by gnawing on underground rocks."

Jack watched the Stone Beetles as they moved slowly, exploring their rocky surroundings. He was fascinated by how their hard shells helped them survive in this environment.

He then discovered the Grouf, large bats with wide wings that played an essential role as predators in the underground ecosystem. Jack gazed at the bats hanging from the cave ceiling. "These bats are massive and look so powerful."

The Terrarian smiled and replied, "The Grouf is an

important predator in our underground world. They maintain balance by feeding on smaller insects."

Jack observed a Grouf spreading its wings and taking flight. Its movements were strong yet graceful, demonstrating perfect control even in the darkness.

Finally, Jack spotted the Moss Dragon. This lizard had bioluminescent scales and moved effortlessly along the cave walls. Jack couldn't hide his amazement as he watched. "This lizard is like a little lantern. Scales that glow—it's incredible."

The Terrarian nodded. "The Moss Dragon feeds on insects and moves freely along the cave walls. Its glowing scales help it navigate even in complete darkness."

Jack watched as the Moss Dragon climbed the walls swiftly, its glowing scales casting an otherworldly light throughout the cave. He was deeply impressed by the behavior and ecology of these fascinating creatures.

"This underground world is absolutely astonishing.

I never expected to see animals like these," Jack said, expressing his gratitude to the Terrarians.

The Terrarian smiled warmly. "We're glad you can learn so much from this place. The underground world still holds many mysteries waiting to be uncovered."

Chapter 9

The Curse of Moloch

As Jack walked through a part of the Terrarium village, he came across injured Terrarians. They sat on the ground, looking exhausted, and some were groaning in pain from their wounds. Alarmed, Jack hurried over. "What happened? Who did this to you?" he asked, his voice filled with concern.

One of the Terrarians struggled to lift their head and replied, "A monster called Moloch appeared. It devastated our city. Many Terrarians were hurt, and part of our village was destroyed."

Jack listened in shock, his heart sinking. "Moloch? What kind of monster is that?"

Another Terrarian answered, "Moloch is a being

that disrupts the peace of our underground world. We tried to prepare for the fight, but its immense power left many of us injured."

Looking around, Jack saw the destruction the creature had left behind. Some of the Terrarium's buildings lay in ruins, and parts of the gem-adorned streets had been reduced to rubble. Anger and sadness welled up inside him as he realized the extent of the devastation caused by Moloch.

"You fought so bravely. I truly admire your courage. I promise you, I will defeat Moloch. I'll fight alongside you," Jack declared with determination.

The Terrarians felt a glimmer of hope at Jack's words. "If you stand with us, we can rise again."

Moved by their courage and sacrifices, Jack responded, "I will do everything in my power to defeat Moloch. Together, we can overcome this crisis."

Chapter 10

The Bond of Hope and the Journey to Moloch

One of the Terrarians spoke up. "Jack, you are bigger and stronger than us. If you help us, we can break Moloch's curse."

Jack decided to live up to their expectations. "That's right. I'm bigger, so I can fight harder than you. I'll fight alongside you to defeat Moloch."

The Terrarians drew strength from Jack's determination. "If you fight with us, we can surely win."

Jack and the Terrarians began devising a plan to defeat Moloch. They brainstormed strategies to exploit Moloch's weaknesses, using Jack's size and strength to their advantage. The Terrarians explained

the location of Moloch's cave and shared what they knew about the monster.

"Moloch is hiding deep inside that cave. His power is immense, but if we work together, we can overcome him," one of the Terrarians explained.

Jack listened carefully, steeling himself for the battle ahead. "We will defeat Moloch. Together, we can make it happen."

The Terrarians nodded in agreement, their resolve growing stronger. "That's right, together we can do anything. Jack, you are our hope."

With preparations complete, Jack and the Terrarians readied themselves to embark on the journey to defeat Moloch. They inspired each other with courage and determination as they prepared to move forward. The fight against Moloch would not be easy, but Jack and the Terrarians were confident that together, they could overcome any challenge.

"We will fight together. Let's defeat Moloch and reclaim our peace," Jack declared, his expression resolute.

The Terrarians responded loudly, their voices filled with determination. "Yes, let's take back our city! Let's defeat Moloch!"

With newfound hope and courage, they began their march toward Moloch's cave, ready to face whatever awaited them.

Chapter 11

The Cave of Moloch

Jack and the Terrarians made their way toward Moloch's cave. As they reached the entrance, they felt the chill of the air emanating from deep within. Clenching his fists, Jack turned to the Terrarians to encourage them. "Together, we can defeat Moloch. Don't be afraid—follow me."

The Terrarians nodded, drawing strength from Jack's words. They followed him into the depths of the cave. The cave was dark, and their footsteps echoed loudly around them. Jack illuminated their path, guided by the glow of bioluminescent mushrooms.

Before long, they saw a massive shadow cast on

the cave walls. The shadow grew larger and larger until Moloch's outline became visible. The monster radiated an ominous, dark light as it loomed over Jack and the Terrarians.

"That's Moloch," one of the Terrarians said in a trembling voice.

Jack stepped forward, summoning his courage. "I'll go ahead. Stay back and wait for my signal."

He approached Moloch slowly, his heart pounding in his chest, but he refused to back down. Jack faced the enormous figure of Moloch, inching closer with every step.

Then, Jack locked eyes with Moloch. The creature's gaze seemed to recognize him, its eyes glowing with an eerie light. Jack paused for a moment, studying Moloch closely. Beneath its massive form and powerful presence, Jack sensed a hidden truth about the creature.

Chapter 12

The Goose That Lays Golden Eggs

"This can't be··· It's the Goose That Lays Golden Eggs!" Jack exclaimed in shock.

Moloch—no, the Goose—seemed to recognize Jack. Jack cautiously approached, extending his hand. "Goose, it's me. Jack."

The Goose's eyes lit up with recognition as it heard Jack's voice. Tears welled up in Jack's eyes as he embraced the creature. "I never thought I'd see you again. How did you end up like this?"

The Terrarians stood in stunned silence as Jack embraced Moloch. "Jack has subdued Moloch! What just happened?" they murmured in astonishment.

Stroking the Goose's feathers, Jack explained, "This

is the Goose that used to lay golden eggs for me. But how did it turn into this?"

One of the Terrarians stepped forward to offer an explanation. "Long-term exposure to the radiation of the underground world can cause transformations like this."

Jack looked into the Goose's eyes and made a firm promise. "I'll protect you again from now on, and together, we'll restore peace to everyone here."

The Goose nestled into Jack's arms, its expression one of relief. Jack carried the Goose out of the cave.

The Terrarians erupted into cheers of joy as they saw Jack emerge. "Jack has defeated Moloch!" they shouted.

Jack nodded and spoke to the Terrarians. "Yes, I'll take Moloch—the Goose—back to the surface with me. With it gone, your underground world can return to peace."

The Terrarians felt a renewed sense of hope at Jack's words. Jack, meanwhile, was filled with happiness at reuniting with the Goose.

Chapter 13

The Gratitude and Gift of the Terrarians

Jack resolved to return to the surface with the Goose. The Terrarians expressed their deep gratitude to Jack for resolving the threat of Moloch and restoring peace to their underground world. They approached Jack, their faces filled with admiration for his bravery.

"Jack, thanks to you, peace has returned to our world. We're truly grateful," one Terrarian said.

Jack nodded with a warm smile. "I've learned so much from all of you. I couldn't have done it without your help."

At that moment, Hades, the leader of Terrarium, appeared. Adorned in a magnificent outfit made of crystals and gems, he exuded an aura of wealth and authority. Approaching Jack, he extended his hand. "Jack, we owe you a great debt of gratitude for your bravery. You are our true hero," Hades said.

Jack took Hades' hand and bowed his head. "Thank you, Hades. I was simply doing what needed to be done."

Hades handed Jack a small chest filled with rare gems from the underground. "These gems are a

token of our gratitude. A small reward for your courage and sacrifice."

Jack accepted the chest, visibly moved. "Thank you so much. I'll treasure these gems and the memories of this place forever."

Chapter 14

Farewell and Safe Return

Jack prepared to leave the underground world, bidding farewell to the Terrarians. Cherishing the friendships he had built, he promised to maintain his connection with them in the future.

"Jack, come back anytime. We'll always welcome you," one of the Terrarians said.

Jack nodded with a smile. "I'll definitely return. I'll never forget the time I spent with all of you."

However, Jack felt a bit worried about how he would get back home. "But I'm not sure how to return home," he admitted.

Placing a reassuring hand on Jack's shoulder, Hades said, "Don't worry, Jack. We will help you return safely to the surface."

Chapter 15

THE JOURNEY THROUGH THE WATERWAY

With the guidance of the Terrarians, Jack found his way back to the surface. They led him to a massive waterway, an important passage connecting the underground world to the surface.

One of the Terrarians explained, "Long ago, we started using the roots of the beanstalk as a dam. On rainy days, the roots would store water for us. Now, that water will carry you back to the surface."

Jack nodded as he examined the waterway. It resembled a giant slide, and as the water filled the passage, it was ready to lift Jack up to the surface.

"Thank you. I couldn't have made it back without your help," Jack said, expressing his gratitude to the

Terrarians.

The Terrarians smiled warmly at him. "Jack, thanks to your courage and sacrifice, we've regained our peace. We wish you a safe return."

Holding the Goose tightly, Jack positioned himself in the waterway. The Terrarians opened the dam, allowing water to flow into the passage. As the water rose, it gently lifted Jack, beginning his journey back to the surface.

Chapter 16

Return to the Surface

As the Terrarians opened the dam, water rushed through the waterway and surged toward Jack. Slowly, he began to rise, lifted by the buoyancy of the water. The journey through the waterway was filled with the marvels of nature. With each wave of water pushing him upward, Jack drew closer to the surface.

Holding the Goose tightly, Jack admired the stunning scenery around him as he ascended through the waterway. The crystal walls sparkled, reflecting the light, and droplets of water shimmered like stars, surrounding him in a magical glow.

"To think that nature's power could lift us so effortlessly··· It's truly incredible," Jack murmured,

marveling at the journey he was experiencing.

As he continued upward, Jack reflected on his friendship with the Terrarians and the help they had given him. He resolved to express his gratitude to them when he reached the surface.

Finally, Jack reached the end of the waterway. Bright light flooded his vision as he found the way out to the surface. Holding the Goose in his arms, Jack emerged from the waterway onto solid ground.

Breathing deeply, he realized he had made it back. “We did it. Let’s head home now,” Jack said, smiling at the Goose.

With cherished memories of the Terrarians and their underground world in his heart, Jack returned to the surface. As he and the Goose made their way home, he resolved to embrace the new journey ahead.

Epilogue

Reunion with Family

After returning to the surface, Jack finally arrived at his home. His heart was filled with excitement and anticipation.

As he opened the door and stepped inside, his wife and son gasped in surprise.

"Jack! Is it really you?" his wife said, tears welling up in her eyes.

"Yes, it's me. I've made it back safely," Jack said, embracing her tightly. In his arms was the Goose that laid golden eggs.

His son's eyes widened at the sight of the Goose. "Dad, is that the Goose that lays golden eggs? What happened?" he asked, unable to hide his amazement.

Jack smiled warmly. "It's a long story. Come, sit down. I'll tell you everything about what happened in the underground world."

As his wife and son gathered around, Jack began recounting his adventure. He shared stories of meeting the Terrarians, the battle to break Moloch's curse, and the emotional reunion with the Goose. His family listened intently, feeling both awe and emotion as Jack described his journey.

“And look at this,” Jack said, opening the box of gems the Terrarians had given him. “These are the jewels I brought back from the underground world.”

“They’re so beautiful! Where did you find such precious treasures?” his wife asked in amazement.

"The Terrarians gave them to me as a token of their gratitude. They were thankful that I defeated Moloch and brought peace back to their world," Jack explained with a smile.

His wife and son beamed with pride at Jack's bravery and sacrifice. Taking his hand, his wife said, "Jack, you're incredible. We're so proud of you."

Jack spent the evening sharing his experiences with his family, reliving the moments of courage, friendship, and hope he had encountered. He also began to dream about new adventures that lay ahead.

"My adventure isn't over yet. There are still many journeys waiting for us. And someday, I can return to visit the Terrarians again," Jack said, looking at his family.

His wife and son nodded, smiling warmly. "Yes, and we'll always be by your side. No matter where you go or what adventure you take on, we'll be with you."

Jack enjoyed a peaceful and joyful time with his family. His experiences in the underground world had taught him valuable lessons and given him great courage. They also became the foundation for the new adventures he would someday embark on. Together with his family, Jack lived happily while always dreaming of new challenges and discoveries.

The creatures of "Jack and the Beanroot" form a unique underground ecosystem, each playing a different role to help life forms coexist in this realm.

1

GROUF

Scientific Name: Cavernoptera magna

Description: The Grouf is a large-bodied predator with wings, primarily feeding on insects and small animals. They play an important role in maintaining the balance within caves and can navigate freely in dark environments using echolocation. Although Terranians fear the Grouf, they are crucial for the ecosystem's balance.

2

LUMINOUS SIL

Scientific Name: Luminochirus peltor

Description: The Luminous Sil is a small mammal that inhabits caves, characterized by its glowing fur. This fur emits light even in dark environments, and the creature primarily feeds on insects and small plant seeds. The Luminous Sil has a friendly relationship with the Terranians, often lighting the way during cave explorations.

3

MOSS DRAGON

Scientific Name: Lichenovipera lumina

Description: The Moss Dragon is a small lizard-like creature that emits light from its luminescent scales, allowing it to glow even in dark caves. They primarily feed on small insects and moss and are often seen climbing cave walls. The luminescent scales of the Moss Dragon help protect it from predators.

4

STONE BEETLE

Scientific Name: Petraeoscarabaeus robustus

Description: The Stone Beetle is an insect with a hard shell, primarily surviving by feeding on rocks. This beetle serves as a key decomposer in the underground world, breaking down dead plant and animal remains to improve soil quality. The Stone Beetle's shell is very hard, allowing it to protect itself from predators.

| 저자와의 소통 |

인스타그램 : https://www.instagram.com/mihiplacessemper

작가 공식 사이트 : https://woongwonne.com

이메일 : info@nayite.com

* 책을 구입하신 후 저자 인스타그램을 팔로우하고 DM을 보내주시면, 작품의 한정판 시네마틱 영상을 제공해드립니다.

연극 나라의 앨리스

Alice's Adventures in Theatreland

이상한 나라와 거울 나라를 지나 이번엔 연극 나라로 떠난다. 앨리스는 연극 나라에 갇힌 채 원래의 세상으로 돌아가기 위해 연극의 일부가 되어야 한다. 연극을 성공적으로 끝마치는 것만이 유일한 탈출구이다. 현실과 환상이 교차하는 무대 위, 앨리스와 함께 숨 가쁜 모험의 막이 오른다.

잭과 콩뿌리

Jack and the Beanroot

하늘로 뻗은 콩나무를 베어낸 잭은 이제 거대한 콩나무의 뿌리 속으로 모험을 떠난다. 지하 세계 깊숙이 숨겨진 보석을 발견하고, 몰락이라는 이름의 괴물에 대항하며 새로운 희망을 찾아 나선다. 모험과 전투, 그리고 성장의 이야기가 지금 시작된다.

걸리버 정착기

Gulliver's Settlement

끝없는 모험을 마치고 고향으로 돌아온 걸리버. 하지만 익숙한 풍경 속에서도 그는 마음의 안식을 찾을 수 없다. 진정한 정착을 향한 그의 새로운 여정이 시작된다. 자신의 내면과 세상을 탐구하며 걸리버는 그만의 정착지를 찾고자 한다.

지킬 박사와 파라다이스 씨

Serendipitious Case of Dr Jekyll and Sir Pharadise

모두가 자살로 알았던 지킬 박사의 최후, 그러나 지킬 박사와 하이드는 최후의 실험을 준비했다. 두 인격을 두 인체로 분리시키는 실험. 하지만 예상치못하게 인체는 세 가지로 나누어져버리고, 선한 인격 파라다이스가 탄생한다.

책과 콩뿌리

(책과 콩나무에서 이어지는 이야기)

초판발행일 2025년 3월 10일
지은이 미히
펴낸이 배수현
디자인 김미혜
펴낸곳 가나북스 www.gnbooks.co.kr
출판등록 제393-2009-000012호
전화 031-959-8833
팩스 031-959-8834

ISBN 979-11-6446-119-6(03800)

*가격은 뒤 표지에 있습니다.
*잘못된 책은 구입하신 곳에서 교환해 드립니다.